KB077301

홀로 서기

홀로 서기
서정윤 시집

초판 1쇄 2019년 05월 15일
초판 2쇄 2023년 04월 15일

지은이 서정윤
펴낸이 신현운
펴낸곳 연인M&B
기 획 여인화
디자인 이희정
마케팅 박한동
홍 보 정연순
등 록 2000년 3월 7일 제2-3037호
주 소 05052 서울특별시 광진구 자양로 56(자양동 680-25) 2층
전 화 (02)455-3987 팩스 (02)3437-5975
홈주소 www.yeoninmb.co.kr
이메일 yeonin7@hanmail.net

값 10,000원

ⓒ 서정윤 2019 Printed in Korea

ISBN 978-89-6253-455-9 03810

* 이 책은 연인M&B가 저작권자와의 계약에 따라 발행한 것이므로 본사의 허락 없이는
  어떠한 형태나 수단으로도 이 책의 내용을 이용하지 못합니다.

* 잘못된 책은 바꾸어 드립니다.

홀로 서기

서정윤 시집

300만 독자가 선택한 베스트셀러 『홀로 서기』

둘이 만나 서는 게 아니라 홀로 선 둘이가 만나는 것

연인M&B

'홀로 서기'는
밤하늘을 지키는 별입니다.
또한 우리는 모두
밤을 항해하는 범선입니다.
밤바다를 항해하며 길을 몰라 흔들릴 때
'홀로 서기'는
어두운 밤을 헤치고 나갈 힘을 줄 수 있는 별입니다.
우리가 살아가는 동안
비바람 몰아치는 풍파를 수없이 만납니다.
그 풍파를 헤치고
맑은 하늘을 찾았을 때
그 별은 오래전부터 거기에서 빛나고 있었다는 걸 깨닫습니다.

홀로 서기는 홀로 살아가기 위해 필요한 것이 아니라
더불어 사랑하며 살아가기 위해 필요한 것입니다.
홀로 살아가는 데는
그가 쓰러져 있든 깨어져 있든
아무런 문제가 되지 않습니다.

다만 그가 사람들과 더불어 살 때
그가 홀로 서 있지 못하다면
다른 사람에게 짐이 되고 부담이 될 뿐
전혀 도움이 되지 못합니다.
그들을 위해 손을 내밀어 줄 수가 없습니다.
남을 위해 손 내밀기 위해서는
먼저 홀로 서야 합니다.
나 아닌 남을 찾기 이전에
내 속의 나를 찾아야 합니다.
남들 속에서 나를 찾을 수 없습니다.
남들이 나를 일으켜 주길 기대해서도 안 됩니다.
우리는, 누군가를 만나기 위해서
먼저 자신을 세워야 합니다.
그것이 아무리 힘들고 어려운 일이라 할지라도
그다음을 위해 고통을 즐거운 마음으로 맞이해야 합니다.

이제 우리는 나를 세워야 할 때입니다.

2019. 4
서정윤

1

홀
로
서
기

2

소
망
의
시

3

슬픈 시

4

목
동

1

홀로 서기

사랑한다는 것으로

사랑한다는 것으로
새의 날개를 꺾어
너의 곁에 두려 하지 말고
가슴에 작은 보금자리를 만들어
종일 지친 날개를
쉬고 다시 날아갈
힘을 줄 수 있어야 하리라.

의미

사랑을 하며 산다는 건
생각을 하며 산다는 것보다,
더 큰
삶에의 의미를 지니리라

바람조차 내 삶의 큰 모습으로 와닿고
내가 아는
정원의 꽃은 언제나
눈물빛 하늘이지만,

어디에서든 우리는 만날 수 있고
어떤 모습으로든
우리는 잊혀질 수 있다
사랑으로 죽어 간 목숨조차
용서할 수 있으리라

사랑을 하며 산다는 건
생각을 하며 산다는 것보다
더 큰
삶에의 의미를 지니리라.

홀로 서기
—둘이 만나 서는 게 아니라 홀로 선 둘이가 만나는 것이다

1
기다림은
만남을 목적으로 하지 않아도
좋다
가슴이 아프면
아픈 채로,
바람이 불면
고개를 높이 쳐들면서, 날리는
아득한 미소

어디엔가 있을
나의 한쪽을 위해
헤매이던 숱한 방황의 날들
태어나면서 이미
누군가가 정해졌었다면,
이제는 그를
만나고 싶다.

2

홀로 선다는 건
가슴을 치며 우는 것보다
더 어렵지만
자신을 옭아맨 동아줄,
그 아득한 끝에서 대롱이며
그래도 멀리,
멀리 하늘을 우러르는
이 작은 가슴
누군가를 열심히 갈구해도
아무도
나의 가슴을 채워 줄 수 없고
결국은
홀로 살아간다는 걸
한겨울의 눈발처럼 만났을 때
나는 또다시 쓰러져 있었다.

3
지우고 싶다
이 표정 없는 얼굴을
버리고 싶다
아무도
나의 아픔을 돌아보지 않고
오히려 수렁 속으로
깊은 수렁 속으로
밀어넣고 있는데
내 손엔 아무것도 없으니
미소를 지으며
체념할 수밖에……

위태위태하게 부여잡고 있던 것들이
산산이 부서져 버린 어느 날, 나는
허전한 뒷모습을 보이며
돌아서고 있었다.

4
누군가가
나를 향해 다가오면
나는 〈움찔〉 뒤로 물러난다
그러다가 그가
나에게서 멀어져 갈 땐
발을 동동 구르며 손짓을 한다

만날 때 이미
헤어질 준비를 하는 우리는,
아주 냉담하게 돌아설 수 있지만
시간이 지나면 지날수록
아파 오는 가슴 한구석의 나무는
심하게 흔들리고 있다

떠나는 사람은 잡을 수 없고
떠날 사람을 잡는 것만큼
자신이 초라할 수 없다
떠날 사람은 보내어야 한다
하늘이 무너지는 아픔일지라도.

5
나를 지켜야 한다
누군가가 나를 차지하려 해도
그 허전한 아픔을
또다시 느끼지 않기 위해
마음의 창을 꼭꼭 닫아야 한다
수많은 시행착오를 거쳐
얻은 이 절실한 결론을
〈이번에는〉
〈이번에는〉 하며 어겨 보아도
결국 인간에게서는
더 이상 바랄 수 없음을 깨달은 날
나는 비록 공허한 웃음이지만
웃음을 웃을 수 있었다

아무도 대신 죽어 주지 않는
나의 삶,
좀 더 열심히 살아야겠다.

6
나의 전부를 벗고
알몸뚱이로 모두를 대하고 싶다
그것조차
가면이라고 말할지라도
변명하지 않으며 살고 싶다
말로써 행동을 만들지 않고
행동으로 말할 수 있을 때까지
나는 혼자가 되리라
그 끝없는 고독과의 투쟁을
혼자의 힘으로 견디어야 한다
부리에,
발톱에 피가 맺혀도
아무도 도와주지 않는다

숱한 불면의 밤을 새우며
〈홀로 서기〉를 익혀야 한다.

7
죽음이
인생의 종말이 아니기에
이 추한 모습을 보이면서도
살아 있다
나의 얼굴에 대해
내가 책임질 수 있을 때까지
홀로임을 느껴야 한다

그리고
어딘가에서
홀로 서고 있을, 그 누군가를 위해
촛불을 들자
허전한 가슴을 메울 수는 없지만
〈이것이다〉 하며
살아가고 싶다
누구보다도 열심히 사랑을 하자.

사람도 그림자라 불리는 호수에서

아무것도 없는 호수를 가졌다
이 호수를 버릴 데가 없다.

노을 초상화

내 삶의 쓸쓸함을 모아 태우면
이런 냄새가 날까
늘 너무 빨리 가고 있다는 생각으로
돌아서 보면
지친 얼굴로 따라오는 그림자
길게 누워 바라보는 눈길이 멀다

어둠이 익어 가는 가지 끝
목숨 길에 드리우던 노을 그림자
때때로 숨어 지켜보던 그 길을
이제는 걸음 걷고 있다

잊어도 좋은
그래야만 할 기억을 하늘에 그리며
전설의 별에서 울려오는 얼굴이
아득하다

별의 꿈이 떨어진 자리에
자라는 노을의 사랑
두 손에 하늘을 들고
그러고도 느끼는 허전함
을 그려 내는 노을 초상화

침묵해야 할 때가 되어져 있는
우리의 지친 발걸음
걸어야 한다면 사랑이 깨어져도,
그래도 걸어야 한다면
저 풀과 나무들 사이의 노을이.

미시시피의 황혼

누구라도 만나고 싶다
겨울 황혼은 갈매기 울음으로 차다
미시시피 하구
뉴올리언스 아가씨와 함께,
함께 어둠을 맞자
멕시코만의 미풍 속에서
하늘과 바다는 하나가 된다

아직 외로움을 알지 못한 사람은
미시시피로 가라
이미 푸른 어둠은 물결로 펄럭이고
휘날리는 고동 소리에 목메이듯
우리는 잠시 가난하다
언젠가 정지해 버릴 시간이 온다
빛을 다오
아주 강한 빛을 다오
미시시피처럼 모든 것을 줄 수 있어야 하리라

황혼은 록키에 고여지고
없어지고 사라지는 시간이 슬프다
순간의 생명을 위해

우리는 기도할 수 있을까?
하나의 인생을 다오
하나의 사랑을 다오
하나의 믿음을 다오
우린 다시 시작할 수 있다
그리고
지금은 처음일 수 있다

슬픔은 홀로 슬퍼하고
외로움은 속으로
속으로 삭이는 것이지만
인생은 살아 주는 게 아니라
살아가는 것이다
살려거든 살아라!

소나무의 나라

잊을 수 있을까, 소나무의 나라
언젠가 돌아가 누울
우리들의 나라
손금으로 흐르는 삶의 강물에 비치는
영혼이 흐리다

우리의 삶은 모래 위를 지나는 발자국
발을 들면 다른 모든 것들과 같은
허물어지는 형태를 하고
바람에 잊혀지는 흔적들
영원한 진리는 어디에 있나
영원한 나라는?
누구보다 맑은 영혼을 가질 수 있다면
우리가 바라보며 눈 감을 나라
소나무의 뿌리를 찾아다니는
잘 보존된 당신의 물
모래먼지가 지워 버린 그림

소나무의 나라, 하지만 이제는
잊을 수 없지만 잊혀지는 나라
차가운 가슴으로도,
별을 보지 않고도 너끈하게 살아가는
오늘의 사람들에도

눈물은 그냥 흘러가고
그냥 흘러가는 이 땅은
우리들이 기다리는 천국이 아니다

우리는 왜 외로운가
잊혀져 있을 수 없는
내 속에 자라는 나무
없어지고 사라지는 어떤 것에도
자신의 영혼을 바칠 수 없어
헤매이던 숱한 날들의 기억이
모래 위의 흔적이 되어지고
우리들의 천국은 사막이 아니다

바람이 소나무 위에 앉는다
사랑은 아름다운 것
사랑을 위해 바친 목숨도 아름다워라
바람은 어제도 내일도 불지만
또 그렇게 부는 것만은 아니고
내 눈 앞에서 사라지는 진리의 물
내 눈 앞에서 잊혀지는 소나무의 나라
내 사랑의 나라.

나의 9월은

나무들의 하늘이, 하늘로
하늘로만 뻗어 가고
반백의 노을을 보며
나의 9월은
하늘 가슴 깊숙이
짙은 사랑을 갈무리한다

서두르지 않는 한결같은 걸음으로
아직 지쳐
쓰러지지 못하는 9월
이제는
잊으며 살아야 할 때
자신의 뒷모습을 정리하며
오랜 바람
알알이 영글어
뒤돌아보아도, 보기 좋은 계절까지

내 영혼은 어떤 모습으로 영그나?
순간 변하는
조화롭지 못한 얼굴이지만
하늘 열매를 달고
보듬으며, 누군가의
손길을 기다리고 있다.

퇴적암 지층 1

코끼리뼈들을 진주로 바꾸기 위한
위험한 시간,
태양은 아침부터 사막을 만들어 가고
신들이 후계자를 지목하기 위한
모임을 갖는다
누군가 나의 무덤 동굴을 열어
내 부활을 증명할 수만 있다면,
나의 꿈들을 하늘에 뿌리어만 준다면,
나는 지팡이를 여기에 꽂고
태양으로 떠오를 준비를 할 텐데

부드러운 진흙의 답답함
침묵의 견딜 수 없는 수많은 날이 지나고,
두어 평 땅속에 우리는 물고기와 조개껍데기, 그리고
자신의 화석을 만들고 있다
가슴에 용암의 뜨거움을 지닌 채
다시 태어날 준비를 한다.

퇴적암 지층 2

버릴 것은 버리고 살아야 한다
깨어진 우리들의 질서를
지켜보기에도 지쳐 버린 우울
어쩌면
누군가의 낙서로서, 또 어쩌면
한갓 복수의 아픔 같은 것으로
슬픔은 지쳐 있었다
흐르지 못한 우리의 눈물,
고대 전설의 도시만큼
오랜 시간을 기다려 왔지만
아직 참아야 할 부분의 고통들이
바람의 다른 손을 잡고서
별빛으로 가슴에 쌓인다

누구와도 닮지 않은
내 책장의 우울한 별빛들이
떨리는 겨울 햇살을 찢어 놓고
점차 투명해져 가는 눈물 자국을 지운다
버리고 싶은 육신의 여행
날지도 못할 우리 가난한 영혼들이
마차 바퀴 자국같이

서로 엇갈려 지나가고
아스라한 무덤의 잡초처럼
지쳐 있는 인간의 별빛
한 켜 지층을 쓰고 누워
자신의 뼈를 가장 빛나게 갈아
눈물을 흘리듯이 태연히 잊혀지고 있다.

비를 맞으며

살아 있다는 것으로 비를 맞는다
바람조차 낯선 거리를 서성이며
앞산 흰 이마에 젖는다
이제 그만
흘러가는 대로 맡겨 두자
보리의 눈물이 그칠 때까지
태양은 숨어 있고
남루한 풀잎만 무거워진다

숨어 있는 꽃을 찾아
바람에 치이는 구름 낮은 자리에
우리는 오늘도 서 있고
오늘만은 실컷 울어도 좋으리
오늘만은,
어머니를 생각하며
땅의 주인이 되어져 있지 못한
보리 이삭이 잊혀지고
편히 잠들지 못하는
먼저 죽은 자들의 영혼을 달래며
비는 떨어지고 있다

마음에도 젖지 않는 빗물이
신암동 하수구에서
가난이 녹은 눈물에 불어나고
낮은 구름이 지워지고 있다
이제 그만
흘러가는 대로 맡겨 두자 하늘조차도.

낮은 꿈을 들고서

낮은 꿈을 들고서 강가에 서서
구르는 자갈처럼 치이다 보면
한 끼의 굶주림이 주는 의미를
헌 철학 노트에선 찾을 수 없고
내, 꿈꾸어 오던 구름이 아닌
요깃거리를 위해
허둥대다 보면
낮은 꿈은 더 낮은 꿈이 되어
나의 얼굴 눈물빛 지우고 있다

어디로든 떠나고, 떠나야 한다
응어리진 설움을 삭일 때까지
낮은 꿈을 지우며,
더 낮은 꿈을 강물에 띄우며
나에게서 너무 멀리 있는 꿈
이제는 잊으며 살아야 한다.

눈 오는 날엔

눈 오는 날에
아이들이 지나간 운동장에 서면
나뭇가지에 얹히지도 못한 눈들이
더러는 다시 하늘로 가고
더러는 내 발에 밟히고 있다
날으는 눈에 기대를 걸어 보아도, 결국
어디에선가 한 방울 눈물로서
누군가의 가슴에
인생의 허전함을 심어 주겠지만
우리들이 가지는 우리들의 외로움을
불편해할 쯤이면
멀리서 반가운 친구라도 왔으면 좋겠다

날개라도, 눈처럼 연약한
날개라도 가지고 태어났었다면
우연도 어울리지 않을 것 같은 만남을 위해
녹아지며 날아 보리라만
누군가의 머릿속에 남는다는 것
오래오래 기억해 주기를 바라는 것조차
한갓 인간의 욕심이었다는 것을
눈물로 알게 되리라

어디 다른 길이 보일지라도
스스로의 표정을 고집함은
그리 오래지 않을 나의 삶을
보다 〈나〉답게 살고 싶음이고
마지막에 한번쯤 돌아보고 싶음이다

내가 용납할 수 없는 그 누구도
나름대로는 열심히 살아갈 것이고
나에게 〈나〉 이상을 요구하는
사람이 부담스러운 것만큼
그도 나를 아쉬워할 것이다
보지 말아야 할 것은
보지 않으며 살아야 하고
분노하여야 할 곳에서는
눈물로 흥분하여야겠지만
나조차 용서할 수 없는 알량한
양면성이 더욱 비참해진다
나를 가장 사랑하는 〈나〉조차
허상일 수 있고
눈물로 녹아 없어질 수 있는
진실일 수 있다

누구나 쓰고 있는 자신의 탈을
깨뜨릴 수 없는 것이라는 걸
서서히 깨달아 갈 즈음
고개를 들고 하늘을 볼 뿐이다
하늘 가득 흩어지는 얼굴
눈이 내리면 만나 보리라
마지막을 조용히 보낼 수 있는 용기와
웃으며 이길 수 있는 가슴 아픔을
품고 있는 사람을
만날 수 있으리라, 눈 오는 날엔

헤어짐도 만남처럼 가상이라면
내 속의 그 누구라도 불러 보고 싶다
눈이 내리면 만나 보리라
눈이 그치면,
눈이 그치면 만나 보리라.

2

소망의 시

어떤 우울한 날에

산이 자신의 그림자로
짐승들을 울리고
강은 깊은 흐느낌으로 조개들의 전설을 만든다
낡은 서점의 잊혀진 책 속에서
자신의 신화를 캐내는
뼈아픈 민족의 그림자와
손잡고 걸을 수 있는 내
핏줄의 단군 할아버지
산 짐승들이 〈우우〉 소리 내어
태백산 어귀에로 모이고
가슴에 따스함을 지니고 태어난 우리
언젠가 흙으로 돌아가 살을 섞을 우리
풀벌레 소리 함께 들으며
그 소리의 전설을 같이 그리는
함께 피 흘린 민족

산 낮은 곳, 무덤으로 모여
상아 하나 가지지 못한 이빨들을
햇살 아래 내어 보이며
얼마나 눈물겹게 살았나
얼마나 처참하게 살았나

같은 산에서 해 뜨고 지는 우리 모두
몽둥이를 휘두르며 돌을 던지며 싸워도
어느 날 처연히 나의 옆자리에 와 눕는
너는 내 형제

산 위에서 보며 살자
욕심으로 멀어진 거리
좀 더 높은 데서 멀리 보며
밝게 웃을 수 있는 전설을 남겨 주자
아득한 우리의 후손
그들만은 싸우지 않는.

소망의 시 1

하늘처럼 맑은 사람이 되고 싶다
햇살같이 가벼운 몸으로
맑은 하늘을 거닐며
바람처럼 살고 싶다, 언제 어디서나
흔적없이 사라질 수 있는
바람의 뒷모습이고 싶다

하늘을 보며, 땅을 보며
그리고 살고 싶다
길 위에 떠 있는 하늘, 어디엔가
그리운 얼굴이 숨어 있다
깃털처럼 가볍게 만나는
신의 모습이
인간의 소리들로 지쳐 있다

불기둥과 구름기둥을 앞세우고
알타이산맥을 넘어
약속의 땅에 동굴을 파던 때부터
끈질기게 이어져 오던 사랑의 땅
눈물의 땅에서, 이제는
바다처럼 조용히
자신의 일을 하고 싶다
맑은 눈으로 이 땅을 지켜야지.

소망의 시 2

스쳐지나는 단 한순간도
나의 것이 아니고
내 만나는 어떤 사람도
나는 알지 못한다
나뭇잎이 흔들릴 때라야
바람이 분다는 것을
느낄 수 있고, 햇빛조차
나와는 무관한 곳에서 빛나고 있었다
살아 있음이
어떤 죽음의 일부이듯이
죽음 또한 살아 있음의 연속인가,
어디서 시작된 지도
어떻게 끝날 지도 알 수 없기에
우리는 스스로의 생명을 끈질기게,
지켜보아 왔다

누군가,
우리 영혼을 거두어 갈 때
구름 낮은 데 버려질지라도 결코
외면하지 않고
연기처럼 사라져도 안타깝지 않은
오늘의 하늘, 나는
이 하늘을 사랑하며 살아야지.

무지개

너 나 할 것 없이 고통스러운
아직은 그때가 아니길
얼마나 원했는지 모른다
미처 자유롭지 못한 나에게
연약한 날개를 그려 주고
그렇게 날아갈 수 있길
하늘이 까매지도록 바랐다

전혀 깨닫지 못한 아픔이
나보다 크게 부닥쳐 오면
유리를 지나가는 마지막 모습
내 살아온 삶만큼 허전하다

아무리 뜨거운 돌멩이를 던져도
그는 저만치서 나를 보고만 있고
내, 이 초라한 모습으로
전신을 태우며 날아가는데
영원히 나의 것이 될 수 없는
풀 한 포기
바람이 불 때마다 쓰러지고
황혼으로 사라진 그대를, 나는
온 어둠을 뒤지며 헤매고 있다.

아득한 날

구름의 산맥을 넘어
아무도 가 보지 않은 설산(雪山)
설산의 사람을 만나, 아득한
전설을 나누고, 시간의 의문보다 강한
인간과 인간의 삶에서
나는 어떤 의미를 지니나, 인해
외로움을 작은 구름으로 띄우며
구름산을 내려온다
어느 민족의 선지자 위에 반짝이는 별빛
나무들 사이로 하늘이 풀려지고
풀려지는 아득한 날의 예언
자를 만나, 시 쓰는 별의 전설을 키우며
      빛이 있으라
      구름이 있으라
태초 이전에 울고 있던 것들에
숨길을 보낸다

내 손에 죽어 있던 시간을
열어, 그들 속으로 보내고
구름 산맥을 넘어 별이 쓴 시집에 묻어 둔
언어의 비밀을 찾아낼 수만 있다면
아득한 날,
또 어느 민족이 이날에
하늘로 시를 올릴까?

신화시대 1

쥐라기의 구름은
너무 낮은 하늘을 만들었다
빙하의 동굴 속에서 모닥불처럼
인간의 꿈을 키웠다
산이 낮아지고
바람에 녹아지는 뼈들 사이로
신들은 여기저기 주름진 구름 위에
쓸쓸한 웃음을 묻었다
파도들이,
오랜 세월 벼루어 온 바위에
날을 새기는 그날
아직도 눈물 자국처럼 울리는 전설의 소리에
목숨을 위해 버려두었던 가슴속 열기는
굳은 용암처럼 잊혀져 있고
조상새들은 스스로의 화석으로
날개의 흔적을 그리고 있다
숱한 단층 사이로
나무 뿌리를 잡는 흙이 되지 못한
우리 손가락 뼈가 굴러도
인류는 지금까지, 자신의 두개골을 묻었다
얼굴을 벗고 만날 수 있는 믿음

인간들은 구름을 만들어 날리며
더 높은 하늘을 원했지만
내가 만든
연꼬리는 구름 위를 걸을 수 없었다
끊임없이 이어져 오는 유전인자
비켜 지나갈 수 없는 내 손금의 말발굽
동그라미를 열고 날아가는 새에게
더 큰 동그라미를 그려 주며
비가 내리고 있다
아득한 비가.

신화시대 2
―바다에서

바다 깊숙한 곳에
내가 만든 진주가 있다
하늘 아득한 곳에서
떨어진 내 꿈의 상처가 치유되는
깊은 꿈틀거림의 바다
갈매기가 잠수할 수 없고
바닷고기조차 엿볼 수 없는
침묵의 아득한 골짜기에 퇴적되어
신화의 한 장(章)이 되기 위한
진주는 자라고 있다
어부의 뼈가
물고기로 되어 거니는 날을 기다리며
플랑크톤은 모든 빛을 갉아먹고,
스스로 빛나기 위해
검은 해초가 바위 아래로 뿌리를 뻗쳐
고통의 순간들을 벽화로 새기며
하늘에의 꿈을 지키고 있다
바람이 불어도 변하는 건 없고
눈이 내려도 그냥 그 표정
배 지나는 소리조차 꿈에서 울리는
무섭게 어두운 바다

파도 부서지는 얼굴이 지쳐 쓰러지고
풍선처럼 부상하는 진주의 빛이
플랑크톤의 목장에 번득인다
불러 준다면 언제라도 달려갈
바닷바람이 기다리는 어디까지
신화는 계속되고 있다

해가 떠오르고 있다, 내일의 해가.

愚問遊戲^(우문유희) 1

살아 있습니까
아직 아무 이상 없습니까
비가 내리는 이유는
그것 말고는 없습니까
잘 달리는 사람이
더 빨리 갈까요

장미나무에서는 어째서
모란꽃이 피지 않을까요?

愚問遊戱(우문유희) 2

잊어 줘
단풍나무에 매달린 따분함
바람보다 삭막한 계절 위에
널려 있는 우리의 얼굴
시간은 연꼬리처럼 흔들리며
내 하늘의 무지개를 지웠어
아스피린
아무라도 돌아가 줘
아직 햇살은 살아 있어
강가 자갈들이 뛰어다니고
바람은 느끼지도 않았어
해가 지면, 어디로 가야 하나?
또 무엇을 잊어야 하나?

愚問遊戱(우문유희) 3

내 속에 계시는 주님
나는 바다처럼 출렁입니다
바람이 불어 잊혀지는 일들이
아픕니다, 오늘밤,
어디에서나 빛이 나고 있지만
내가 있는 이 어둠은
너무 지쳐 있습니다
내 속에 계시는 주님,
당신이 출렁이기에 나는
비틀거립니다, 생선처럼,
눈물로 이룬 바다,
이제 눈물은 바보짓입니다
간이역을 지나 버리는 열차의 차창에서
바삐 지나온 일들을 생각합니다
다시 되돌아가 역 벤치에서
하룻밤이라도 지내고 싶습니다

꿈은 구름이 되어야 합니다
잊혀진 기억들이 반역을 할 때
주님, 당신을 만납니다
눈물과도 같은 주님

당신은 슬픔의 산이었습니다
아, 내 속에 계시는 주님
나는 당신을 해방시키기 위해
구토를 합니다
눈물겹게 해방합니다, 안녕히 가십시오
가실 곳은 있는지요?

늙은 개

늙은 개가 짖을 때
우리는 자신이 가진
가장 강한 모습을 보여 주거나
아니면
늙은 개 나이만큼의
대우를 해 주어야 한다
그 늙은 개의
신음 소리가 들리지 않을 때까지.

나의 어둠을 위한 시

1. 원죄의 업
어둠으로 솟아나는 밤은
우리들이 가지는 큰 위안
서둘지 않은 노을로
하루는 가고
꿈을 털며 가는 사람에게
그림자마저 떠나 버리면
목마른 꽃의 비가 내린다
   꽃은 꽃이다
   꽃나무는 꽃이다
   세계는 꽃이다
목마른 꽃은 뱀이다
뱀은 알에서부터 뱀이다
꽃이 꽃을 알았을 때는
이미 아름다움이 아니고
깨끗한 꽃이 시드는 그림자는
우리만큼 가까워도 멀다

태어나기 전은 죽음이었다
깨어 있던 것들이 저물듯
니체

그도 죽고
현실은 과거이고 미래만큼 과거다
시간이란 굴레 속에
지금만이 남으면
사랑으로 끝날 사랑은
외로운 그림자만이 할 수 있을까?

어둠은 그대로 잠이었지만
외로움이 많을수록
외로워해야 할 일들이 많아지고
꿈을 털며 가는 사람의
꽃을 향해 나아간 뱀은
꽃이 되어 영원하다.

2. 변색동물―뱀
어둠은 빛이었다
그림자는 떠나라
허물 벗어서 안 될 이 어둠을
깊은 침묵 속에 덮어 두고
이제 괴로워할 것만 남은
우리의 생을 우러러보자

언제쯤 죽음은 우리 것이리라
그림자는 어둠을 떠났다

우리는 이브의 화신을
〈에바 부인〉이라 하자
시간이 우리 가슴에서 흩어진다
그림자는 잃어버린 별을 찾아라
그녀의 가슴으로는 사랑을 하자
그림자는 어둠이었다

털어 버릴 꿈이 많은 것은 우울하다
착각으로 보낸 하루에서
목마를 때 주어지는 행복은 죽음?

가장 잔인한 건
가장 먼저 잔인한 건
〈에바 부인〉 그녀가 아니었다
차라리
별을 찾아 떠났던
그림자의 빛깔처럼
뱀은 동면을 한다

변색은 어둠에서 중단되었다

한 줄기의 철학과 사랑과
인생이 있어도 없어도
뱀은 그림자를 깔고
사랑하는 사람을 노린다
얼어 버렸던 가슴을 녹이며
〈에바 부인〉을 사랑했고
어둠은
또 다른 세계의 파도를 탄다.

3. 바다
별무리 지는 하늘 아래
바다는 젖어 간다
파도야 우리
작은 섬을 이야기하자
바다는 멀리서부터 짙어 오고
구름 한 줄기 사이에
해변은 잠든다

밤바다에 젖어드는 그리움을

그림자는 서러워한다
우리의 섬으로 돛을 올려라
결국은 되오고 말 이 해변에서
아무래도 좋은 출발을 하자

하늘은 항상 저만큼 서서
물빛에 시간이 일렁인다
파도는 운명으로 살아 있고
네가 죽고 내가 죽을 이 순간에도
바다의 그림자는 해변으로 반짝인다
섬은 끝내 바다이었을까?

바다는 바다로 끝이 없다
이제는 섬을 찾아라
너와 나의 여정에서
삶은 그냥 그리워함이지만
시간 속에서 우리들은 인간이었다.

4. 자랑스런 신
우주는 시간까지다
태양은 그림자를 내려라

흐린 노을빛으로
나뭇잎들은 사라지고
밤하늘의 눈물은
한 줄기의 시가 된다

시간을 가진 마음은 쓸쓸하다
나를 잊지 않은 나는
그냥 사는 것으로 족하고
기꺼이 모든 것은 죽어 간다
그리고 그는 다시 혼자가 된다

지금이 어딘지도 모르고 살아가는 축복
정말 불공평하지 않은 은총에
우리는 누구나 그의 제자가 된다
시를 사랑하며 떠나며
시는 신에 의해 죽고
신의 제자는 고독하다

어차피 사는 게 인생이라면
해산하는 아픔으로 아침을 맞자
그림자에 오래 남을 수는 없다.

5. 신의 병실에서
우리는
신의 육체를
사랑할 줄 알아야 하리라
삶은 모두
나의 하루들이고
아픔도 살아 있는 동안의 일
어둠은
어둠 그대로가 아니었다

꽃은
이름이 없어도 좋다
함께 새워 줄 사람조차 없는 밤이면
신의 영혼은 또 다른 시작을 한다
때묻지 않는 빛을 찾아
온 어둠을 뒤지고 있다

너무 그렇게
미워하지 않아도 될 운명
빛은 전혀 낯설은 세계를 주고
시간이 필요 없는 시간으로

신의 영혼은 떠나가지만
새로운 탄생을 기원하는 한 마디
〈영혼은 신이 아니다〉
우리들의 주검과 함께
슬퍼해야 할 일들을 떠올린다
스스로 죽을 수도 없는 그는
그림자가 된다
결국 종착지는 어둠이지만
우리는
신의 사랑을
이해할 줄 알아야 하리라.

6. 생명의 새
밤이면 어둠이 숨을 쉬고 있다
허나
모든 것이 죽어 있다
잃어버린 신화들을
이슬처럼 가슴에 달고서
밤을 다니는 그림자 소리가
새의 울음으로 빛난다

밤이면 어둠이 고개를 들고 있다
시간의 변두리에서 서성이는
그림자의 미소는
한 마리 뱀을 그린다
낙원의 꿈을
행복하게만 봐 줄 수는 없다
방황하는 그림자의 의미를
알려고 해서도 안 된다

밤이면 어둠이 일어서고 있다
이 하늘 아래
또 다른 세계가 그림자로 다닌다
이미 지나간 오늘들을 부둥키고
목살 메인 울음을 운다
우리가 생존해 있을 만한 힘도
숨쉬는 세상의 상식과 진리에 주어 버리고
마음을 숙이고 기다리는 곳으로
맨손을 흔들며 떠나가고 있다

밤이면 어둠이 녹아내리고 있다
빛을 아끼는 그림자는 지워 버려라

언젠가 태양이 떠오른다
그 세계가 열릴 때까지는
그림자를 사랑하리라
신의 어둠,
그 시간은 생명이었다.

7. 방황하는 그림자
밤이 새려 어둠이 울고 있다
준비된 우리의 식탁보다
우렁차게 다가오는 서러움들,
그림자는 빛을 가지고
어둠으로 살아남을 수 있다

무거운 영혼이 내가 되려 한다
우리들은
우리들이 창조한 이 영혼을 죽여 버려라
죽음은 위대하다
그리고
죽이는 것은 선에 의해서이다
선을 위해 존재하는 악은
아직

살아 있다는 기념으로
한마디의 거짓말을 해라
〈나의 희망과 사랑으로
나는 아직도 고귀하다〉
무엇을 기다리고 있는가?
죽음은 언제나
천사만을 사랑한다
어둠에의 체념은
과연
무엇을 위한 것인가?
어제를 부정하는
우리들의 공통점은
삶에의 약속이다
나는 나로 족하다
뭔가 바깥에선 거대한 것이
기다리고 있을 것만 같아도
우리들이 가지는
우리들의 삶은
항상
고만고만한 생으로
죽어 가고 있다.

8. 생존을 위하여
꽃이 지는 밤하늘은 별조차 없다
호흡은 항상
나를 괴롭게 하고
서러움의 단면들이
앞가슴을 헤집고 스며들면
우리들은 또다시 〈카인〉이 된다

태어나면서
그저 적당한 운명을
가지고 온 우리들은
인간다워지려는 노력도 없이
인간을 떠나려고 바둥거려도
시간의 테두리는 끝내
그림자로 조여든다
털어 버린 꿈들이 내려앉는다
〈에바 부인〉
그녀가 어머니라도 좋다
그 눈 속의 평화와 사랑을
다시 한 번 느끼고 싶다
시를 위해

하나쯤의 인생은 바치고 싶다

어둠 속에서는
어둠의 의미를 음미하지만
언젠가 살아남을
빛을 향하여
우리의 꿈은 일어서야만 한다
인생은 약속이지만
살아남기 위하여
인간이 되자.

여분의 죄

슬프지 않아야 하리라
꽃이 지려 꽃잎이 떨어지고
울먹이는 하늘로 맨손을 흔들면
우리들의 가슴엔
어느새
얼룩진 인생이 걸려 있다

화려하지 않아도 좋다
그렇다고
슬플 필요도 없다
삶은
그렇게 그렇게 끝이 나고
우리들의 그림자도
아득한 풍경으로 그려지는데
이제, 어둠은 사라지면
어둠은 빛에 살아남아
우리에게 그림자를 찾아 준다

아침노을이 저녁노을이다
꽃은 언젠가 져야 하지만
노을이 흩어지는 하늘쯤에서

다정한 사람을 떠나보낸 쓸쓸함과
슬픈 소원을 가지는 우리는
사랑할 수도 미워할 수도 없는
그 어느 누구를 위해
조용한 기도를 하자

가장 슬픈 건
슬퍼할 수조차 없는 마음이다
열린 하늘의 밤은
이제 열리는
아침 하늘에 의해 닫혀지고
여분의 죗값으로
언젠가
우리에게 밤을 다오
생존을 위해 그림자를 가지고
생존을 위해 시간은 흘러가고
생존을 위해 인간이 되자
인생의 약속은 지켜야 한다.

5월을 맞으며

소리가
키 작은 소리가 밀리어 가다가
어둠이 불어오는
보릿단 위에 엉기어 있다

비가 내린다
습기찬
내 생활의 구석 자리에
눈물의 홀씨들이 모여
저들끼리의 사랑과
고통의 거미줄을 짜고
무엇으로든 비가 내린다

어느새 우리는
우리들이 있던 곳으로부터
너무 멀리 떨어져 왔다
그 먼 길을
소리로서 되돌아가는
푸른색의 정물화단에
목의 힘으로 하늘을 들어야 하는
키 작은 보리들의 낙서

내 손에 들려 있는
무거운 하늘이 흔들리고
바람은 또 이렇게 불어오는데.

바다의 말

바다가 내게 말한다
바다가 내게 말하려 한다
바위에 붙은 굴의 귀에다
바다는 바다의 소리로 말한다
내게서 달아나
파도에 밀려다니는 꿈
살갗에 끈적이는 인간 비린내
보다 진하게 나를 적시고
나는 바다의 소리를 듣지도 못한 채
밤마다 내리는 안개
그 한쪽을 돌아서며
잠들지도 않은 채 떠돌고 있다
바다는
아무런 말도 하지 않는다
바다는 말할 줄도 모른다.

3

슬픈 시

슬픈 시

술로써
눈물보다 아픈 가슴을
숨길 수 없을 때는
세상에서 가장 슬픈 시를 적는다
별을 향해
그 아래 서 있기가
그리 부끄러울 때는
세상에서 가장 슬픈 시를 읽는다

그냥 손을 놓으면 그만인 것을
아직 〈나〉가 아니라고 말하고 있다
쓰러진 뒷모습을 생각잖고
한쪽 발을 건너 디디면 될 것을
뭔가 잃어버릴 것 같은 허전함에
우리는 붙들려 있다

어디엔들
슬프지 않은 사람이 없으랴마는
하늘이 아파, 눈물이 날 때
눈물로도 숨길 수 없어
술을 마실 때
나는,
세상에서 가장 슬픈 시가 되어
누구에겐가 읽히고 있다.

비의 명상

하늘은
가난한 자들의 꿈으로
잔뜩 흐린 우리들의 하늘은
나무가 비에 젖는 줄도 모르고
해서 쓸쓸한 인생을
한 줄의 언어로 남기기에는 우울하다

빈 웃음으로 사라지는 것들을
가슴으로 지키고 있는
미처 깨닫지 못하던 나의 삶
빗속에
홀로 선 나무만큼도 자유롭지 못한
꿈이 가난한 우리들에게
비는 그냥 비일 뿐
보이지 않는 곳으로 가는
연약한 빛을 따라 나는
나무가 되지도 못하고…….

절망

이미 오래전에 결정되어진
나의 이 아픔이라면
이 정도의 외로움쯤이야
하늘을 보면서도 지울 수 있다

또 얼마나 지난 후에
이보다 더한 고통이 온대도
나에게 나의 황혼을 가질 고독이 있다면
투명한 겨울 단풍으로 자신을
지워 갈 수만 있다면
내, 알지 못할 변화의 순간들을
부러워 않을 수 있다

밤하늘 윤동주의 별을 보며
그의 바람을 맞으며, 나는
오늘의 이 아픔을
그의 탓으로 돌려 버렸다
헤어짐도 만남처럼 반가운 것이라면
한갓, 인간의 우울쯤이야
흔적없이 지워질 수 있으리라

하루하루가 아픈 오늘의 하늘,
어쩌면
하염없이 울어 버릴 수도 있으련만
무엇에 걸고 살아야 할지
아픔은 아픔으로 끝나 주질 않는다.

새 1

평면 위에서 동그라미 두 개가
새를 가둬 놓고
무엇을 말하려는 나팔꽃처럼
아침마다 그의 하늘을 그린다

우리는 새에게
모이를 주고 물을 주고
짝을 지어 주지만
새는 차라리
한 송이 꽃이 되어
어항 속을 산책한다

아직 깨어지지 않은 자신
평면이 꽃을 가지고 일어서면
아침마다 나팔꽃이 부서지면서
새는 이슬에서 튀어나온다
동그라미는 모든 새에게 열려 있다.

새 2

〈아프락싸스〉는 슬픔의 보금자리
거리를 향해 홀로 웃는다

거리엔 푸른 햇살이 솟고
푸른 얼굴의 사람들이
오늘을 즐겨
숨가쁜 인사를 한다

즐기려는 마음은
그림자를 잉태하고,

밤을 깨뜨리는
작은 고민으로
부정하는 하늘이 탄생한다
그리고 걷는다
새는
걸으면서 난다
밤마다 둥지를 떠나며
죽음을 즐겨 웃으면서 난다.

돌

돌은 하나의 별이 되어
내 몸 어느 구석에서 반짝인다
쓰러지는 나뭇잎 사이로
돌의 날개는
계절의 심장에 꽂히지만
울리는 소리만큼이나
허전한 얼굴이다

홀로 깨어야 하는 차가운 벽을
조용히 닫으며
하늘에서 내려오는
이 작은 아픔
내 몸 아주 어두운 곳에서
눈물로 타오르고

돌은 하나의 생명
자꾸만 나에게서 날아가고
빈 그림자만 남은
나의 모습
계절의 뒷배경처럼 허전하다.

살아 있는 모습 그 황혼에

1. 새

멀리 울리는 노을 소리
새 가슴에 젖는다
미루나무 마른 가슴을 헤치며
지나가는 바람
바람 소리를 내며
어디 쓰러져 뒹굴 곳도 없이

낯선 사람과도
다정히 나눌 수 있는 노을
하늘 끝에서 자라고
어느 날의 새울음처럼
바람의 눈빛은 부서져,
부서진 가슴이
날아가는 하늘에 그려지고

얼굴에 흐르는 노을 소리
새 하늘을 날아
낯선 날개를 달고
낯선 소리를 듣는다, 살아 있는 모습.

2. 바다

그 어느 하늘이 밝기에
황혼이 이다지 멀리 오르나?
늙은 대장장이의 숯불 같은 얼굴로
외로움을 연단하는 왕관을 쓰고
문득 하늘을 느끼면 바다,
그 깊은 하늘 가득 출렁이는
인간의 얕은 가슴속 사랑이 되고
숯불로 타오르는 구름 덩어리
왕관처럼 바다의 머리에 얹혀
빛나는 슬픔의 왕이 되지만
하늘이 될 수 없는 바다,
바다는 바다의 울음이고
바다는 바다의 몸짓이기에
우리는 그들과 함께 어둠을 맞아
또 하나의 목숨을 굴리고, 이 저녁
사랑의 말은 말아도 좋으련만
어둠으로 불어 가는 어느 가슴이 타기에
바다를 짚은 하늘의 손이 빠져
외롭지 않은 자를 흔들어 놓고
흔들리는 모든 것을 사랑하며
바다에 어리는 황혼
내 가슴에 지워지고 있었다, 살아 있는 모습.

3. 꽃
뿌리도 없이
하늘에 핀 꽃
눈부시게 어린 바람의
손을 잡고
구름의 날개를 반짝인다

햇살 어지러운 눈썹 사이로
홀로 만나는 작은 불꽃
살아 있는 모두가
분수처럼 솟아나
하늘에 꽃가루를 뿌리고
하늘 가득 꽃발이 날리는데
떨어지는 건
어깨에 잠시 머물던 설움
깨닫지 못한 나의 영혼인 듯

시간이 자라는 정원에서
바람이 웃음 소리로 타오르면
하늘이 떨어져 내리고
홀로 만나는 까아만 얼굴
무엇을 사랑해야 할지
어둠의 가슴이 허전하다, 살아 있는 모습.

그다음 1

「너 바다 구경 가지 않을래?」
그날 도시의 한가운데서 내가 말했다
플라타너스의 그늘은
떨어지는 송충이보다도 더 징그럽게
하늘을 갉아먹고 있었다

내 말은 파도가 되어
너와 나 사이에 잔잔하게 출렁이고
반쯤 남은 하늘의 한쪽에서
별빛에서나 느낄 정다움이 자라는데
바다의 적막 속에서 너는
한 송이 꽃으로 깨어난다

온통 외로운 바다
바다는 나를 가지고 싶어하고
나 또한 그가 되고 싶어도
꽃으로 핀 너만이
그 바다의 한쪽일 수 있고
난 그냥 인간일 뿐
플라타너스 곁에서 송충이나 죽이는……

돌아서
흘러내리는 쓸쓸함에 철저해지며
내가 될 수 없는 너의 하늘이기에
허전한 뒷모습으로
플라타너스 그늘을 벗어나고 있었다.

그다음 2

바람이 그의 자리를 찾지 못하고
헤맬 때 바람은, 자신의 자리에 있지 못하는 바람은
얼마나 초라한가, 어지러운 바람이다
차라리 꽃이 되어 있으라
길가에 피어 있는 망촛대나
장미꽃, 봉숭아꽃까지 자신의 자리에 서 있는 그들이
얼마나 의젓한가, 아름다움을 지키는
별처럼

너에게 허락된 길이 너무 멀다
다시는 이 언덕을 흐를 수 없는 시간 속에서
흘러가 버린 그들이 되어 있지 못한 절망
희망은 아직도 상자를 나오려고 애쓰고
살아 있는 영혼 주위를 떠도는 천사들이
암담하다, 이러고도 살아야 하나

어느 신도 구원의 손길을 주지 않는다
지친 그림자 달랠
빈 동굴 하나 없는 마을
모두들 자신이 동굴 속에서 심지를 줄이며
아내의 부드러운 젖무덤을 파는데

겨울 철새 떼처럼
고단한 영혼 눕힐 곳 찾는
네가 서 있을 자리는, 그다음

신이 있다면 이럴까.

서녘 바다

언제나 나의 서쪽 하늘은 붉었다
안개조차 붉은 이름을 부르며
하루가 바다로 잠기어 갈 때
나의 하늘은 아름다웠다

어디에든 바람의 흔적이 칠해져
건강한 바다가 팔뚝에 감기고
눈들을 감고 떨어지는 또 하나의
도화지에
눈부신 바다가 날린다, 날리다가
지친 그물의 책갈피에서
뽑아내는 물보라의 빛깔,
바람으로 건너와
나의 품에 그려지는 인어 이야기
안개로, 구름으로 떠올라 가고
인어 비늘에 빛나는 서녘 하늘

불타는 바다의 은빛 미소가
나의 한쪽을 차지하던
어느 도화지,
잊을 수 있는 건 모두 버리고
바닷새가 날아 돌고 있다.

成^(성)

성이 무너지려 한다
성은 무너져서는 안 되는 것인데
성은
끊임없이 무너지려 한다.

직할하천 금호강

삶의 흔적으로
손금에 흐르는 강물
울음은 뭉게구름으로 피어오르고
할아버지 기침 소리로 날리던
홍옥 꽃의 연분홍 꽃멍
우리 그림자만큼의 슬픈 그림이
나를 망설이게 한다
깊이를 채울 수 없는 뒤척임에
산이 가라앉고
강물에 흐르는 영혼,
소리치며 뿌리던 한줌 영혼이
지키고 섰는 아양교 아래
밀리는 물결, 어디론가 가 버려야 하는……

쌓여 가는 세월의 흔적에
망설임의 몸짓도 지니지 못한 나의
어깨 위에 쌓이는 지층
능금나무 장작은 이미
아궁이의 꽃으로 피어오르고
붉은 새가 소리 내어 울고 있는
금호강 기슭에

아직도 나를 부르는 소리가 흘러내리는데
어느새 내 손금에 흐르는 강물
떨어질 꽃잎도 없이
물결에 얼룩진 바람만 적시고 있다.

가을에

꽃은 눈물,

그해의 가장 아름다운 태음력이 되어
나의 정원을 거닐고
사람들의 가슴에 맺힌 아픔을
풀어 줄 언어를 찾지 못할 때
외로움은 비처럼 젖는다
지나간 자신의 주검을 디디고 선
키 작은 꽃들을 보며
자연스럽게 이 낯선 계절에 젖으며
목적 없는 발길의 힘없음,
인도주의, 박애주의조차,
에고이즘의 그림자에 불과한 것,
낙원의 꿈을 위하여
정원을 일구어 가지만
가을 꽃은 말이 없다
바람이 하는 소리조차 들리지 않는다

말없이 꽃이 지고
또 그렇게 이 가을은 가는 거지만, 문득
어깨가 무거워짐을 느낄 때

무거운 어깨를 가눌 수 없을 때, 우리는
이듬해의 꽃을 위해 썩어 가는 나뭇잎
그 속에 썩어 가는 자신의
빛나는 눈빛을 발견해야 한다.

변명

깨어진다
깨어진다
깨어지는 아픔들이다
흩어진 파편들만큼 산만한 머릿속에서
사라진다
허공으로 흩어진다
누구도,
어디도 쳐다볼 수가 없다
모두의 눈짓을 받으며
아무의 눈짓도 받지 않으며
다만 속삭인다
〈이렇게밖엔 할 수 없었다〉고
언젠가
부서진 그 조각들을 주워
다시 만든다면
좀 더 나은 무늬를 넣으리라.

목
동

겨울 해변에서

소리치고 있다
바다는 그 겨울의 바람으로
소리지르고 있었다
부서진 찻집의 흩어진 음악만큼
바람으로 불리지 못하는 자신이 초라했다
아니, 물보라로 날리길 더 원했는지도 모른다
흔적도 없이 사라진 그 겨울의 바다
오히려 나의 기억 한 장을 지우고 있다
파도처럼 소리지르며 떠나고 있다

내가 바닷물로 일렁이면
물거품이 생명으로 일어나
나를 가두어 두던 나의 창살에서
하늘로, 하늘로 날아오르고
그 바닷가에서 나의 모든 소리는
바위처럼 딱딱하게 얼어 버렸다
옆의 누구도 함께할 수 없는
그 겨울의 바람이
나의 모든 것으로부터 떼어 놓았다

소리쳐 달리는 하얀 물살 꽃엔
갈매기도 몸을 피하고
바위조차 바다 쪽으로 고개를 돌리지만
무너진 그 겨울의 기억을 아파하며
아무도 기다려 주지 않는 내 속의 시간
오히려 파도가 되어 소리치는데
바다엔 낯선 얼굴만 떠오르고 있다.

가을 저녁에

누군가 슬픈 얼굴로
흔들리고 있다, 조금만 더
슬픈 얘기를 하면,
눈물이 되어 구를
노을의 눈빛을 본다

미처 지쳐 있는
별빛 먼 여행으로
오늘은, 어제의 다시 한 번일 수 없고
그리움의 전설은 언제나
나의 옆에 처연히 쓰러지는
퇴색한 얼굴로 떠오른다

이름이 떠나는 저녁
누구에게나 건강한 노을,
다정하나 단호한 표정을 기다리며
슬픔은 잠시 잊어 두자
사람 사는 삶이 쉬운 것만은
아닐지라도, 가슴 아픔은 늘상
비 오게 하고…….

목동

양떼구름의 우리에 부드러운 짚을 넣는다
노을 붉은 털을 반짝이며
그리운 노래를 부르는 양떼구름
오늘은 얼마나 먼 길
부드러운 목초를 찾아
굳어진 발굽, 내려다본다
늘 기다림의 그림 속에서
쓰러진 노을의 뒷모습
그 뒤의 구름산맥에서 들리는
방울 소리
구경 많아 먼 눈 파는
내 영혼의 목동을 만난다

하늘 저편 지나가는 양떼구름,
오늘밤 누울 자리를 위해
방울 소리는 쉬지 않고
언제까지 걸어야 하나?
그냥 따르고 있다.

화석

별빛 차가운 얼굴을 하고
내 의식의 낡은 창에
나보다 가난한 의미를 심는다
가로등을 켜듯, 확실한 생이 아님을
빈 손 마디마디 시리게 깨달으며
다시 어쩔 수도 없이
홀로 거기서 타오른다
어떤 변명도 통하지 않는
내 양심의 낡은 창가에서
더욱 초라한 모습으로 서성이는
이처럼 헛된 짓을 나는
밤마다 거울을 깨듯 놀라고 있다

손에 만져지는 아픔이
슬픔으로 창에 비치면
아직 부끄러운 표정으로
흩어진 언어에 불을 지르고
쓰러진 내 그림자와 함께
검고 자그마한 화석이 된다.

파도의 끝 어디쯤

깨어 있으라, 그대의
낯선 얼굴 눈물 자국이, 아득한 기억의 동화로
살아나는 밤을,
지키고 있으라 서성이며
오랜 찾음 어디엔가
울음 우는 영혼이 쓰러지고
쓰러지며 그리운 그리움이여

모든 쓰러짐의 어디쯤
고통의 투명한 꽃들 사이에서 아픔은
잊었던 사랑을 일으켜 세우며
소리 지르는, 소리 지르며 떠나지 못하는
뭉크의 한 장 달력이 넘겨지고
언제나 누워 두드려 보는 하늘의 창
아직 닫혀 〈떠나야지〉 못하는

끊임없이 울어 부서지는 파도의 끝
울음 속에 자라는 울음의 희열
파도의 끝 어디쯤.

노을 풍경 1

바람이 지나가며
노을의 발자국을 밟는다
긴 노래의 언덕에 서서
인간의 모습으로 지친
나의 자리

돌아가야 할
모습은 너무 멀리 있는데
그림자 길게 끄을려
힘들게 지키고 있다

풀릴 것 같지 않은, 우리의
목숨줄은 또 얼마나 질긴지,
안타까움 없이
지워질 수 있는 내 삶의 흔적
이라면……
잠들어 있는 황혼의
기울어 가는 풍경화,
내 남루한 사랑의 빛깔인지…….

노을 풍경 2

어두운 곳에서 시작하여
어두운 것으로 끝나는
지친 영혼
닮은 얼굴들끼리 만나
나를 주장하며
넘어지는 산을 본다

그리움의 시간,
오직 홀로이고 싶고
그 외로움을 기어이
견디지 못하는
남들과 같은 내 그림자의 얼굴

가고 싶은,
잊고 싶은 것 웃으며
오늘도
어둠은 나타난다.

피가 도는 나무

누가 손을 내밀어
꽃을 잡으면
지나가던 바람이 잠시
나무가 되어
인간을 웃고 있다

내 손에서 먼 꽃을
아직도 떨치지 못하고
또다시 일어나는 번뇌의 가지
이슬처럼 자고 나면 돋아 있는데
나는 딱딱한 팔을 가진 나무
하늘의 불길이 기다리고 있다

아무도 바람을 알지 못해도
바람은 나무 밑을 지나고
우리가 날고 싶을 땐
불꽃으로 바람에 섞여
하늘로 하늘로 날아오른다

내가 너를 사랑하듯이
너는 하늘에서 〈뚝뚝〉 떨어지고

피가 도는 나무
그는 바람이 되어
내가 가지도 못한 꿈을
마구 버리고 있다.

우울

어떤 모습으로든
우울하다.

노을 소리

소리가 유리컵에 고이면
아무도 소리를 가질 수 없고
혹은
우리가 유리컵이 되어
보이지 않는 소리로 출렁이면
그 하늘엔
빛으로 그득하다

무게 없이 내리누르는
우리의 생은, 항상
얇은 구름
저녁마다 얼굴을 붉히면
은은한 빛을 따라 어느새
유리컵은 타오르는 황혼으로
우리들 가슴 아득한 곳을 적시고
눈길 아프게 느끼는 노을 소리
누구도
소리를 슬프게 하지 않은 채
어딘가에서 생명이 날아올라
별을 반짝이고
어느덧 소리는 별이 되고
우리는 밤하늘이 되어
그 소리를 담고 있다
가슴 아득한 곳에.

안경

안경을 벗고
세상을 보면
온통 흐리다
TV에 나오는
모든 얼굴이 흩어지고
신문 글자들도, 도저히
이해할 수 없다

산의 굴곡조차
분명하게 보이지 않는
내 눈, 내 눈앞의 세상
답답하다

안경을 벗고 세상을 보면
분명한 건 하나도 없다.

바다에서

바다에서 아내의 차가운 손을 건진다
물보라로 뒹구는 그림자가
나에게서부터 누워 있었다
소리질러 잡을 수 없는
낱말들의 죽은 비늘이
살아 있는 모두의 아픔으로 일어서고 있다
바다 풀잎이 거품을 물고, 파도에 서고
바람에 머리를 날리며
아직 지우지 못한 아내의 일로
그들 속에 서 있는 나를 본다
아내의 손은 늘 차가왔다
뼛속까지 한기를 품으며
나는 바닷바람으로 불리고 있었다.

신화적 상상력과 긍정적 세계관

박덕규^(시인)

  태초에 신이 있었다. 혹은, 신이 있었는데 태초를 만들었다. 신은 태양을 만들고 땅을 만들었다. 신은 그 땅을 바다와 산으로 나누었다. 바닷속에 물고기를 풀어 놀게 했고, 산에 돌을 뿌려 놓고 풀과 나무를 심어 놓았으며 뱀이 그것들 사이를 기어 다니게 했다. 땅 위의 빈 곳에 새가 날아다니게 했다. 구름을 만들어 때때로 비를 뿌리게 해 놓았다. 신은 규칙적으로 태양을 가렸다가 비키곤 해서 낮과 밤을 만들고, 아침과 황혼을 만들고, 빛과 어둠을 알게 했다. 그 땅에 죄 많은 인간을 빚어 생명을 주고 살게 했다. 죄 많은 인간, 원죄의 업을 쓰고 태어난 인간. 태어난 것 자체부터가 고통인 인간. 기독교 사상에 침윤되어 있는 것처럼 보이는 서정윤의 많은 시들은 바로 그런 원죄의 업을 지고 태어난 인간의 원초적 고통을 시적 제재로 삼고 있다. 그가 인식하기로는 인간이 살아가고 있는 현재는

태어나기 전은 죽음이었다
깨어 있던 것들이 저물듯
니체
그도 죽고
현실은 과거이고 미래만큼 과거다

_〈나의 어둠을 위한 시〉

에서처럼 태어나기 전의 죽음의 세월과 같다. 미래도 마찬가지
다. 감히 신이 죽었다고 말한 그 철학자도 죽어야 했던 미래다.
과거와 현재와 미래가 모두 죽음이다. 인간이 사는 일이란

어두운 곳에서 시작하여
어두운 것으로 끝나는

_〈노을 풍경 2〉

깜깜한 어둠 속의 삶이다. 태어나면서부터 원죄로 인해 인간은
그렇듯 고통받고 살아야 한다. 그런데 아무래도 그것은 불만이
아닐 수 없다. 인간은 아무리 생각해도 죄를 지은 기억이 없기 때
문이다. 원죄란 신이 설정하여 인간에게 덧씌운 것이지 적어도 지
금 살고 있는 인간이 자신의 의지로 저지른 것이 아니질 않은가.
서정윤은 그래서 그 원죄에 관해서 신에게 되물어 보려고 한다.
그의 눈이 시원으로, 태초로 향해지는 것은 당연한 과정이다. 그
는 '신화시대'로 간다. '퇴적암 지층'을 살피며 태초의 모습을 찾
는다. 태초에 신이 있었다. 신은 바다를 만들고 뱀을 기어다니게
하고 새를 날게 했다. 서정윤은 그 바다를 보러 간다.

「너 바다 구경 가지 않을래?」

_〈그다음 1〉

그 바다를 보니까

　하늘이 될 수 없는 바다

_〈살아 있는 모습 그 황혼에〉

　바다 또한 어쩔 수 없이 인간과 더불어 '함께 어둠을 맞아 또 하나의 목숨을 굴'려야 하는 숙명적인 바다다. 뱀을 보니까 뱀은 '이브의 화신'인

　〈에바 부인〉을 사랑했고

_〈나의 어둠을 위한 시〉

　인간을 죄짓게 한 사탄으로서 인간은 태어나면서부터 이미 죄인이란 사실을 알려 주었다. 새를 보니까 새는

　밤마다 둥지를 떠나며
　죽음을 즐겨

_〈새 2〉

　처럼 차라리 어둠을, 죽음을 즐기고 있는데 그 모습 또한 죄 많은 인간이 어둠 속에서 사는 것과 다름이 없다. 서정윤이 바라본 모든 시원의 것은 신이 설정한 업의 한계 속에 있다.
　그의 시에 산재되어 있는 바다 · 새 · 돌 · 나무 · 황혼 · 바람

들은 바로 그 업의 숙명적 아들이다. 만물은 신의 영향권 안에 놓여 있다. 만물은 신이 준 업의 테두리를 뛰어넘을 수 없다. 인간은 결코 원죄의 업을 벗어던질 수 없다.

비록 이 같은, 인간은 신 앞에서 원죄 의식으로부터 자유로울 수 없다고 하는 기독교 사상에 깊이 침윤된 경우라 할지라도, 그 인식 속에서도 두 가지의 삶의 자세를 상정할 수 있다. 첫 번째는 신에의 복종이고, 두 번째는 신에의 회의다. 전자는 긍정적 세계관으로 형성되고, 후자는 비관적 세계관으로 향하게 된다. 이 세상을 긍정적으로 이해하는 사람, 즉 긍정적 세계관의 사람은 죄 · 어둠 · 고통 따위를 감싸 안고 죄진 사람끼리 손잡고 살면 사랑 · 빛 · 희망의 세상을 만들 수 있다고 믿는 사람이다. 서정윤이 바로 그런 긍정적 세계관의 사람이다. 그는 바다와 뱀과 새와 인간을 통하여 많은 어둠과 죽음을 보아 왔다. 그러나 그 속에서 그는, 그의 긍정적 세계관은 어둠 속의 빛을, 죽음 속의 탄생을 보고 있었다.

1) 부드러운 진흙의 답답함
　　침묵의 견딜 수 없는 수많은 날이 지나고,
　　두어 평 땅속에 우리는 물고기와 조개껍데기, 그리고
　　자신의 화석을 만들고 있다
　　가슴에 용암의 뜨거움을 지닌 채
　　다시 태어날 준비를 한다
　　　　　　　　　　　　　　　　　_〈퇴적암 지층 1〉

2) 아스라한 무덤의 잡초처럼
　　지쳐 있는 인간의 별빛

한 켜 지층을 쓰고 누워
자신의 뼈를 가장 빛나게 갈아
눈물을 흘리듯이 태연히 잊혀지고 있다

_〈퇴적암 지층 2〉

진흙으로 사람의 형상을 빚어 생명을 불어넣은 것이 신이었다. 따라서 1)에서처럼 진흙 속에 생명의 씨앗이 있다고 인식하는 것은 신을 가장 신답게 수용한 긍정적 세계관의 시적 표현이다. '신이 진흙으로 사람을 만든다'가 아니라 '사람이 진흙을 뚫고 태어난다'일 때 그 의지적 생명체인 사람은 참으로 자랑스런 신의 아들이다. 그 아들은 너무도 용감하게 진흙이 답답하다고 말한다. 견딜 수 없는 침묵의 나날이라고 말한다. 진흙에서 태어나서는 함께 태어난 물고기와 조개와 더불어 이 세상에서 산다. 그에게는 이미 죽음이 내정되어 있기 때문에, 신이 죽음을 지시해 두었기 때문에 그는 미리 자신의 화석을 만들어 두는 예지력도 가지고 있다. 또는 2)에서처럼 미리 제 뼈를 잘 갈아 둔다. 죽어 가는 몸 위에 지층이 덮이고 제 이름이 잊혀져 가는 것을 느낀다. 그래도 그는 태연하다. 죽음은 눈물을 흘리는 것과 같은 것, 그는 죽음을 껴안는다. '조상새들은 스스로의 화석으로 날개의 흔적을 그리고 있다'(《신화시대 1》). 살면서 죽음을 준비하는 삶보다 더 긍정적인 삶이 어디에 있는가. 그 죽음 속에서 다시 탄생의 순간을 감지하는 것보다 더 긍정적인 세계관이 어디에 있는가. 그는 다시 용암처럼 들끓으며 태어날 준비를 한다. 탄생과 죽음과 탄생. '신화는 계속되고 있다'(《신화시대 2》).

서정윤의 눈이 신화적인 것으로 향해져 있을 때, 다시 말해 그의 긍정적 세계관이 신화적 상상력으로 발휘될 때 그의 평이한 진술적 발화 방법은 비교적 정제된 시적 표현을 얻는다. 그러나 그 긍정적 세계관으로 그가 살아가는 복잡다단한 삶의 현장을 시화할 때는 많은 난제와 만날 수밖에 없다. 왜냐하면 그의 긍정적 세계관은 이미 고통과 쉽게 화해해 버린 뒤의 것이기 때문에 삶의 고통을 진정한 고통으로 받아들이지 못하는 까닭이다.

> 어디엔가 있을
> 나의 한쪽을 위해
> 헤매이던 숱한 방황의 날들
> 태어나면서 이미
> 누군가가 정해졌었다면,
> 이제는 그를
> 만나고 싶다
>
> _〈홀로 서기〉

　어디엔가 나의 또 다른 한쪽이 있다고 믿는 자의 방황은, 갈 곳을 아는 자의 방황은, 그렇지 않은 자의 방황보다는 덜 외로운 방향이다. '만날 때 이미 헤어질 준비를' 하는 사람은 '아무도 대신 죽어 주지 않는 나의 삶'임을 알아 '좀 더 열심히 살아야겠다'고 '누구보다 열심히 사랑을 하자'고 스스로에게 다짐할 수 있긴 하지만, 이별 뒤의 사랑을 말하는 사람에게는 그 이별의 고통이 실감나게 표현될 수는 없다. '둘이 만나는 게 아니라 홀로 선 둘이가 만나는 것이다'라고 홀로 서는 자의 사랑을 말하는 서정윤의 시에는 그 고통의 과정이 없다. '사랑을 하며 산다는 건 생각을 하며 산다는 것보다 더 큰 삶에의 의미를 지니리라'(〈의미〉)고 믿는 그의 긍정적 세계관의 시는 그래서 관념적인 진술의 양상을 지니게 된다.

성이 무너지려 한다
성은 무너져서는 안 되는 것인데
성은
끊임없이 무너지려 한다

_〈城〉 전문

아무것도 없는 호수를 가졌다
이 호수를 버릴 데가 없다

_〈사람도 그림자라 불리는 호수에서〉 전문

어떤 모습으로든
우울하다

_〈우울〉 전문

그의 시집에서 가장 짧은 시 3편은 모두 고통의 과정이 없는 긍정적 세계관의 관념화된 진술이다. 무너져서는 안 되는 성이 끊임없이 무너지려 하는 위기 상황이 조금도 위험스럽게 다가오지 않는 까닭은 무엇일까. 그가 아는 삶과 죽음과 재생의 신화와 견준다면 '성'이라 해서 굳이 무너져서는 안 되는 것이 아니질 않은가. 그는 그 '성'에 자기 나름의 관념을 부여하고 있는 것이다. 이 경우 성은 지극히 개인적인 관념 속의 성이다. 관념적인 진술이 이루는 상황은 보다 긴장된 시적 표현으로 이어져야 실감이 난다. '사람의 그림자라 불리는 호수'라는 말은 무엇을 의미할까. 이미 그것도 하나의 관념적 진술이 아닐까. 일상적인 의미의 호수는 물과 풀과 물고기와 종이배 따위를 거느리는 호수인데 반해 '아무것도 없는 호수'는 어떤 상황일까. 그 호수를 왜 버리고자 하는가. 아무것도 없는 호수를 버리고자 하는 상황은 어떤 절박한 상황일까. 그것은 다만 관념적 진술일까 아니면 고도의 시적 표현일까. 시는 진술이 아니라 표현이다. 적어도 시는 '어떤 모습으로든 우울하다'와 같은 관념적인 진술만으로 울림을 얻는 세계는 아니다. '늙은 개가 짖을 때 우리는 자신이 가진 가장 강한 모습을 보여 주거나 아니면 늙은 개 나이만큼의 대우를 해 주어야 한다'(《늙은 개》), '생존을 위해 그림자를 가지고 생존을 위해 시간은 흘러가고 생존을 위해 인간이 되자'(《여분의 죄》), '누구나 쓰고 있는 자신의 탈을 깨뜨릴 수 없는 것이라는 걸 서서히 깨달아 갈 즈음 고개를 들고 하늘을 볼 뿐이다'(《눈 오는 날엔》)라는 진술들에는 관념성 대신에 일상성이 깃들어 있지만 그런 일상적 진술에도 시적 표현이 좀처럼 느껴지지 않는다.

긍정적 세계관의 삶은 덜 고통스러운 삶이다. 긍정적 세계관이 반드시 비관적 세계관으로 전이되어야만 한다고 말하는 것이 아니다. 긍정적 세계관이 시적 울림의 세계로 나아가자면 고통의 과정을 생략해 버린 긍정의 세계를 보여 주어서는 안 된다는 말이다. 고통의 과정을 생략하면 고통 뒤의 진술의 명제만 남는다. 그것은 안이한 삶의 태도이며, 안이한 시적 태도이다. 그것은 서정윤 시의 시적 형태에서도 꼭같이 지적될 수 있는 것이다. 이럴 때 긍정은 도피의 다른 이름, 곧 거짓 화해의 세계다. 긍정적 세계관이 아름다운 시적 울림의 세계로 보여지는 길은 고통을 자기 몫으로 감싸 안는 길이다. 그것은 신에 의해 한정된 인간의 방법이라기보다는 신이 준 업을 다시 신에게 되돌려 주려고 노력하는 인간의 방법이다. 그때의 긍정은 의지의 다른 이름이다. 바다를

'바다는 바다의 소리로 말한다'의 바다에서 '바다는 말할 줄도 모른다'(《바다의 말》)는 바다로, 관념적으로 이해하지 말고 새를 '평면 위의 동그라미 속에 가두는'(《새》) 관념 놀이에 머물지 않고, 〈우문유희〉를 말고, 시를

　　나는,
　　세상에서 가장 슬픈 시가 되어
　　누구에겐가 읽히고 있다
　　　　　　　　　　　　　　　　　　_〈슬픈 시〉

　처럼 세상에서 가장 슬픈 시로 읽히게 하려면, 이제 서정윤은 모든 고통과 아픔을 육화시키려는 노력을 거듭해 나가야 할 것이다.

부끄럽고 부끄럽습니다.
길을 가다 넘어진 것이 부끄러워
길을 떠나려고 했습니다.
그것이 더 부끄러운 것 같아
돌멩이를 맞아 가며 버티고 있습니다.
삶의 평탄하고 좋은 길만 걸을 수 있으면
얼마나 좋겠습니까만
그렇지 못한 한 나그네일 뿐입니다.
입이 있은들 무슨 말을 할 수 있겠습니까?

2019년 봄
서정윤